·美术高考应试宝典丛书

# 水粉静物训练答疑解难

# 实例分析

郭卫华 编著

天津人民美术出版社

**图书在版编目（CIP）数据**

水粉静物训练答疑解难实例分析/郭卫华编著.—天津：天津人民美术出版社，2006.6
（美术高考应试宝典丛书）
ISBN 7-5305-3250-2

Ⅰ.水…　Ⅱ.郭…　Ⅲ.水粉画：静物画：写生画-技法（美术）-高等学校-入学考试-自学参考资料
Ⅳ.J215

中国版本图书馆CIP数据核字（2006）第063072号

天津 人民美術出版社 出版发行
天津市和平区马场道150号
邮编：300050　电话：（022）23283867
出版人：刘子瑞　网址：http://www.tjrm.cn
天津市圣视野彩色印刷有限公司印刷　全国新华书店经销
2006年6月第1版　2006年6月第1次印刷
开本：889×1194毫米　1/16　印张：4　印数：1-3500

定价：33.00元

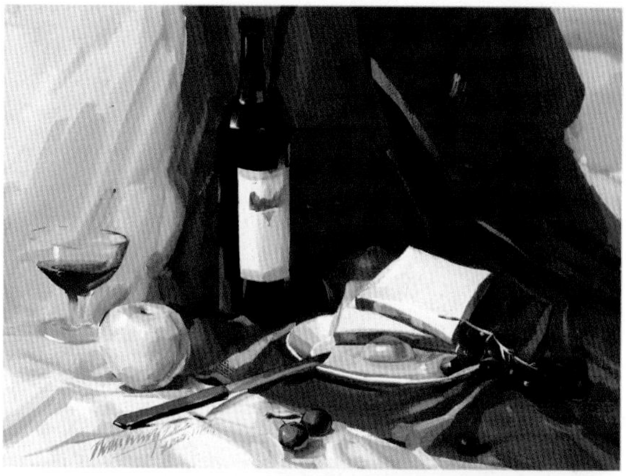

# 前　言

水粉画是介于水彩与油画之间的独立画种，具有便捷实用的艺术特性，经过不断发展已然趋于成熟。水粉颜料是靠水溶解的，色层干得较快并且具备一定的覆盖力。水分掌握适度可以使画面产生酣畅淋漓的润泽效果，当形体塑造需要时又可以画出干脆利落、结实厚重的笔触，使之能够在短时间内完成范围广泛的绘画乃至设计内容。但水粉画的某些特性较之其他画种又是难以把握的，如颜色的干湿变化以及衔接问题等。这些问题需要在习作中积累经验逐步解决。

水粉静物写生是训练学生认识色彩规律掌握水粉技巧的必修课。因此，当前专业美术院校的色彩教学以及招生考试通常以水粉写生为主。学习阶段对色彩规律的认识需要付出艰辛的努力，学生只有在正确理论的指导下保持坚强的毅力，对色彩的热爱和大量的写生实践，才能达到由量变到质变的更高境界，使水粉作品鲜明亮丽起来。

本书秉承解除学生困惑，帮助他们取得色彩进步的宗旨，将一线教学的经验结集出版，所选择的正、反两方面内容具有典型性，其中优秀作品都是学生在高考前强化训练阶段的短期作业。这对于未来的考生以及致力于美术学习的学生具有借鉴作用。

# 目 录

## 一、绘画开始阶段容易产生的问题

当铅笔和单色素描稿确定之后开始铺第一遍颜色，由于这是为以后的深入塑造打基础，因此色彩的准确度非常重要。我们鼓励学生珍惜第一次色的意义在于，此时学生对面前的静物保持着新鲜的第一感觉和绘画热情(这是画好色彩的必要条件)。而随着时间的推移和绘画的不断深入，这种情感因素会逐渐减弱。保留生动的最初色彩感觉是水粉写生训练的原则之一。

需要解决的问题：

a.色调把握的准确度。

b.画面整体感问题。

c.有些部分如果能够一两遍画完就不必反复画(尤其是重色块)。

容易产生的错误：

a.不重视第一次色的重要性，认为水粉有覆盖力可以一遍遍地画下去，因此不负责任地胡涂乱抹。(这种情况带有普遍性)

b.素描基础差的学生没有控制画面整体感及形体塑造的能力，会出现“平涂”或改来改去的“和泥”现象。

这将导致画面效果会出现“花”、“粉”、“腻”等一系列问题。

图1 学生努力寻求色块的准确性。铺第一次色是从主体物开始的。

图2 迅速将整个画面铺满，这是我们提倡的，但色彩应当准确鲜明。这幅习作颜色显然有些『粉』、『灰』。

图 3　这幅作品重视第一次色的作用，色彩准确，用笔大胆肯定，方法正确。

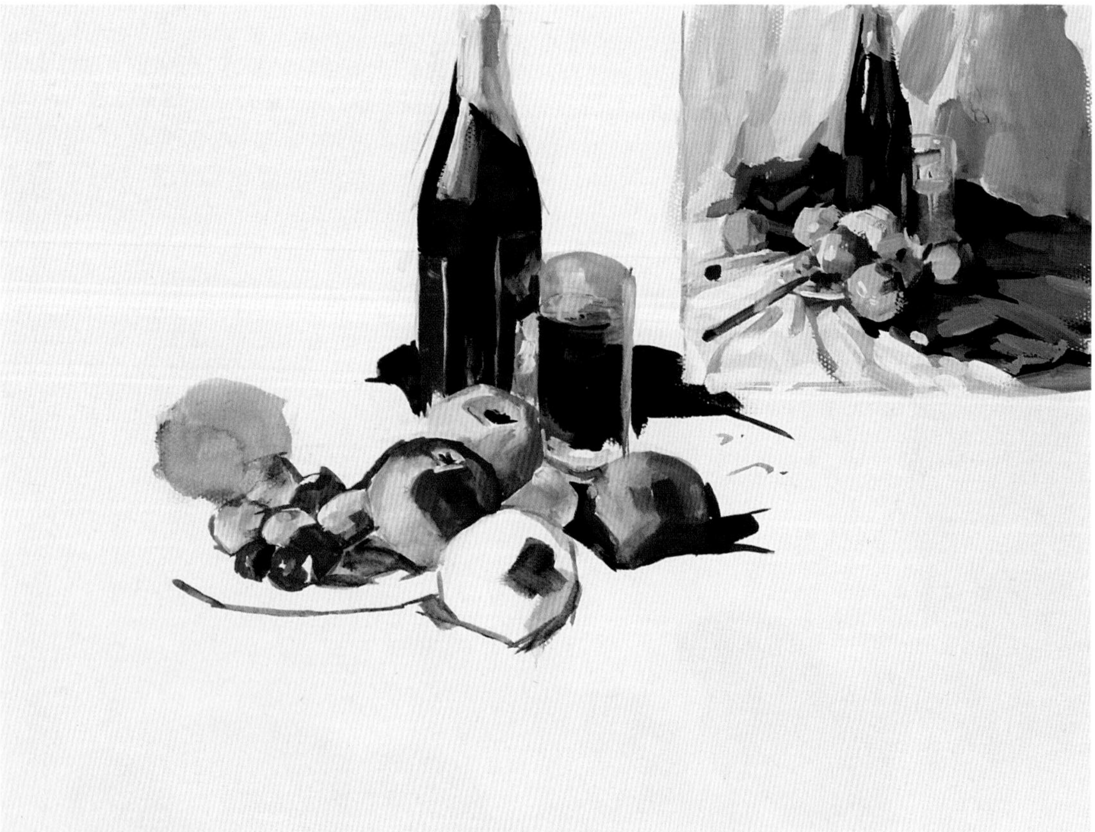

图 4　教师的作用在于当学生迷茫时给予及时、准确的指导。右上角小图为教师示范讲解作品。

图5（作者　郭卫华）

## 二、色调练习

1. 小色稿的意义：练习色彩不应片面追求单块颜色调的如何像，而是要求画出准确的色彩相互关系。在写生过程中多画些"小色稿"是训练学生保持新鲜色彩感觉和控制画面整体感能力的极好方法。不必画得过细，只要把握好色调以及几个大色块的冷暖、明度关系就可以了。(见图 6 ~ 13)

图 6

图 7

图 8

这(图 6 ~ 13)是教师为学生做课堂示范时所画的不同色调的"小色稿"，这种方法可以帮助学生理解和认识"小色稿"的作用。(作者　郭卫华)

图 11

图 9

图 12

图 10

图 13

图 14 学生能够按照教师要求先画一幅“小色稿”，以提高对画面整体色调的认识。习作几个色块的亮、灰、暗关系明确，空间感强。（作者　张灏）

图 15 “小色稿”色调准确才能在画大幅作品时做到心中有数，这是训练学生做“小色稿”练习的主要目的之一。（作者　郭星朗）

图 16　无论多么复杂的静物，学生都能认真在画面的右上角做一幅“小色稿”，这样坚持下去对未来的写生、默写乃至于色彩创作必然带来积极影响。(作者　郭星朗)

2. 色调练习：色调是指画面总的色彩倾向，种类大致可以分为：亮调子 (高调)、重调子、各种不同色彩倾向的灰调、对比调等。色调练习的目的在于锻炼学生的色彩感知及控制画面整体感的能力，为今后的绘画创作乃至于艺术设计打好色彩基础。

通常，专业美术院校的教师会根据色光原理组织色调，主要有自然光和人造光 (灯光) 两种：(1) 自然光：是依靠日光作为光源条件组织色调。特点是光线细腻柔和，色彩变化微妙，色彩规律为上午亮面冷，暗面暖，下午相反，图 17 ～ 26 均为自然光条件下的各种色调练习。(2) 人造光：即灯光作业，教师利用暖光灯营造画面的色调氛围。特点是明暗及色彩对比强烈，亮面暖，暗部冷。例如：通常用橙色光，受光面暖，暗部显现出蓝紫的冷色倾向，画面以强烈的色彩对比为主。(见图 27 ～ 28) 利用以上方式交叉练习可以启发学生的色彩感觉，经过实践证明是行之有效的。

图 17　暖调子(作者　郭星朗)

图18　冷灰调(作者　杨效)

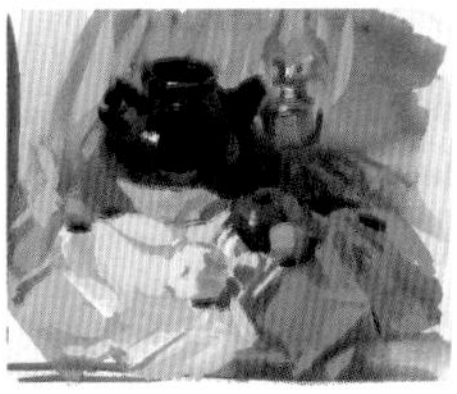

图19　蓝色对比调(作者　郭星朗)

图20 暖灰调(作者 郭卫华)

图21 对比调(作者 郭星朗)

图22　蓝灰调

图23　淡紫调(作者　赵梦泽)

图24　亮绿调(作者　李越妤)

图 25　对比调(作者　郭卫华)

图 26　银灰调(作者　张灏)

图 27、28
为灯光作业

图27 （作者不详）

图28 （作者 李文龙）

图29 作品色彩准确并注意了素描因素，因此画面明快亮丽。为了直观地表示此作品中的素描关系，把它变成黑白图（见图30）加以说明。

图30

## 三、画面的整体感与素描关系问题

构成完整色彩写生作品主要有两种因素，首先是色调准确，再有就是所谓画面的“素描关系”。色彩画面中的“素描关系”主要是指色块的黑、白、灰关系以及形体塑造、主次虚实、空间感等素描因素。初学者往往被静物表面绚丽的颜色变化所迷惑，只是片面追求色块的绝对“肖似”，而忽视此色块在画面中的位置要素（重或亮等），以至于造成画面支离破碎或灰暗的情况，这些问题在学生习作中具有普遍性，而要求学生做一些单色练习是解决上述问题的较好方法，经过单色练习，可以有效锻炼学生形体塑造和控制画面整体感的能力。（见图31）

图31

图32 毫无秩序，东一笔西一笔地乱画，如图中作为主体物的铜火锅在铺色时只画了中间部分，上下部位均为空白，同时靠前的苹果已经画得较深入，而后面也有空白，使画面看上去支离破碎，不完整。这是铺颜色阶段的典型错误。

图 33　颜色调得还算准确，但由于明暗对比弱，应该提亮的左下角没能亮起来。画面显得不够明快。

图 34　习作色调准确，用笔大胆概括，能够控制画面的整体感。虽然没画完，但基础很好，如果再有时间会完成一幅好画。画面完整——这是铺第一遍颜色的正确方法。(作者　郭星朗)

图 35

## 四、水粉静物写生常见的色彩及技法问题

1. 画面“花”、“碎”的问题：这是由于学生作画时缺乏整体观念，主次、虚实不分，孤立的局部观察，局部表现致使画面物体之间的色彩关系凌乱，从而产生“花”、“碎”问题。我们主张在绘画时要有整体意识，应照顾到物体之间的和谐关系，不必过分注意细节，要大胆概括取舍，使每个局部的刻画都要服从于整个画面的需要。(见图 35)

图 36 这是与前一幅画的同一组静物，比较起来学生具备深厚的造型功力，能够把握画面的整体感，形体塑造结实深入，用色饱和充分，光感处理较好。(作者 李文龙)

图 37 用笔有些“碎”，使篮子里应该虚进去的水果蔬菜乱成一团。这也是“花”、“碎”问题。

图 38 技法“细碎”问题：通过画面可以看出学生对细节描绘有着浓厚的兴趣，用小笔一遍遍地去画，造成画面肌理“细碎”的效果。

图 39 作者能够自如控制画面的整体感，水粉技法娴熟用笔考究，色彩沉着漂亮，并且善于在灰颜色中找变化，习作完整优秀。（作者 李越好）

图 40　画面处理完整深入，明暗对比强，具有古典油画的厚重效果，尤其是隐在背景中的玻璃杯画得极为巧妙。(作者　靖韫晖)

2. 色调"灰"、"暗"：画面"灰"是明暗及色彩对比弱造成的。主要原因是画面上没有重色块和亮色块。同时与用色的"脏"和"粉"有关系，通常三种以上的颜色相混合色彩就会脏，而到处调白降低了颜色的饱和度，画面则会"灰"、"粉"。（如图 41）

图 41

图 42　习作"暗"的情况：由于颜色整体偏冷，缺乏鲜艳明快的暖色块，冷暖对比不明确造成画面压抑——"灰暗"的效果。

图 43 画面冷暖及明暗对比强烈，形体塑造结实生动。色彩效果亮丽，是优秀的学生作品。(作者 郑璐璐)

图 44　色调和谐明快，用笔生动画得轻松熟练，是学生强化训练阶段的优秀作业。（作者　杨效）

图 45　作者重视画面中的色彩对比因素，用色大胆，冷暖倾向明确、造型严谨。背景和重色块水分多一些，使画面看起来完整润泽。（作者　郭星朗）

图 46　这幅作品是典型的薄水粉画法，特点是趁湿一两遍完成，色块衔接自然润泽，用色准确漂亮，笔法简洁生动，给人以清新明快的感觉。（作者　赵梦泽）

3．色彩“生”、“燥”：主要原因是学生在作画时不能认真分析色彩的冷暖倾向与微妙的色阶变化，不加调和，大面积运用原色和纯度较高的色彩作画，使画面产生色调生硬、不协调的效果。（见图 47）

图 47

图 48　色调优雅和谐，形体塑造结实准确，水粉技法纯熟，是优秀的学生作品。（作者　李越好）

图 49　这是一幅逆光条件下的写生作品，大面积暗部的准确处理使画面色彩丰富生动，并且画出了特有的光感。(作者　郑璐璐)

图 50　习作色调把握准确和谐，形体塑造用笔大胆生动，几个亮色块使画面产生明亮的对比效果。(作者　靖韫晖)

图51　(作者　郭卫华)

4. 技法“干涩”：技法“干涩”的主要原因在于水分过少画面不湿润。这与真正意义的干画法不同，所谓干画法是用水较少画面肌理厚重，依靠色彩的补色关系润泽画面。而图52显然不具备上述特点，画面用色单调色彩冷暖不明确，缺乏主次、虚实以及浑然一体的艺术处理，显得“干涩”。

图52

图53 学生作画善于控制水分及画面的整体关系，如画面中处于暗部的背景用水较多，趁湿一两遍把重色块画完，衔接得浑然一体；然后用坚实明确的笔触提亮画面的左下角（近处），以加强空间深度。画面虚实生动、效果润泽。（作者　郭星朗）

图 54 “绘画感觉”是既抽象又具体的概念，缺乏这种感觉是无法进入艺术殿堂的。此幅作品画的是逆光效果，明暗对比鲜明。作画时水分控制较好，做到一气呵成，使画面产生流畅湿润的效果，很有“画意”。（作者　郭星朗）

图 55　此幅作品属水粉的湿画法，画面润泽。(作者　郭卫华)

图 56　学生绘画基本功扎实，作画时善于控制水分，暗部一两遍完成。水果的亮面稍厚些，形成暗薄亮厚的肌理效果。画面对比鲜明、湿润、生动。

图 57　作者具有高超的色彩控制力，能够自如调整画面的色彩关系，把颜色的纯度降低使作品趋于灰而漂亮的效果。(作者　李越好)

5."腻"与"匠气"：这是观察方法与表现技法的共同问题，一些学生在作画过程中往往陷于纯自然主义的摹写方式。认为只要把所看到的物体都认真画下来就是好画，因而画得面面俱到，画面既没有生动的色块，又不做主次虚实的艺术处理，使画面效果"圆腻"、"匠气"。(见图 58)

图 58

图 59　这是一幅很有绘画感觉的水粉写生作品，画得轻松大方。作者重视光感的表现(逆光)，用笔大胆概括，水分恰当似国画的"写意"效果。虽然未作深入塑造仍不失为短期写生的优秀作品。(作者　郭星朗)

图 60 （作者 郑璐璐）

图 61 这是学生在阳光下画的短期写生作品。可以感受到作者在绘画时充满了激情，大胆利用对比色表现静物在阳光照射下灿烂的色彩效果。画面鲜明、亮丽。（作者 郭星朗）

图 62　作者整体意识较强，处于最前端的亮色块与被推到后面的重灰色产生明确的深度空间，用色巧妙和谐。（作者　李越好）

## 五、形体塑造

水粉静物写生的绘画过程中离不开对物体的具体描绘，这一过程我们称之为“形体塑造”。通常我们布置的静物都是日常生活中常见的物体，如陶瓷、玻璃、金属器皿、花卉、蔬菜、水果等物体的组合。这些物体本身具有不同的材质属性，如：透明的玻璃器皿、粗糙的陶器、光洁度较高的瓷器等，准确表现这些物体的体积和质感是水粉写生练习的重要目的之一。

1. 主体物的重要性：图63中作为主体物的白瓷瓶造型不够严谨，影响了作品质量。请注意在塑造主体物时一定要把酒瓶或陶罐的口、肩画得精确一些，才能保证整幅画的质量，以期在高考中取得良好成绩。

图63

图64 这幅作品色彩沉着，形体塑造结实准确，画面深入完整。（作者 郭星朗）

图 65 （作者不详）

图 66 所画物体无论是陶罐或精巧的瓷壶等，形体塑造严谨生动，用笔结实准确。（作者 郑璐璐）

2.物体的质感刻画：水粉静物写生面临着不同材质的准确表现，如：透明的玻璃器皿、表面光洁度较高的金属或陶瓷物件等。图 67 中所画的是一组以透明玻璃与金属器皿为主的静物组合，目的在于训练学生掌握这些不同材质物体的描绘技巧。此幅习作能够轻松地把各种不同质地的物体准确表现出来，用笔简洁概括，质感描绘具有可信度。

图67 （作者 郭星朗）

图 68　作品能够把玻璃器皿的透明、陶罐的结实、金属刀的重量以及丝绸衬布流畅的质地充分表现出来，色调淡雅，质感刻画生动传神。（作者　李越好）

图 69　准确的质感表现是静物作品能否打动人的主要因素之一。图中盛水果的玻璃盆、水杯、酒瓶及餐刀等物件的质感都得到充分的表现。(作者　郭星朗)

图 70　这组静物几乎集中了所有材质，如：金属、玻璃器皿、瓷罐、农作物等。作者能够把握各种质地物体的不同特点，形体塑造深入细致，质感表现充分，显示出学生深厚的绘画功力。(作者　郑璐璐)

3.器皿表面花饰的正确描绘：人们为了美观的需要通常在陶瓷器皿表面绘有花饰，这些平面的花饰画在具备三度空间的物体上，用水粉写生的形式表现出来，如果观察方法不正确——只是单纯盯着图案本身，不从物体的体积出发就会画成“薄片”，影响物体的体积表现。(见图 71)

图 71

图 72　这是与图 71 画的同一个陶瓷花瓶，学生能够从物体的体积出发，注意到附着在陶瓷花瓶表面图案的冷暖、虚实变化。这些图案的准确描绘能够对形体塑造起到积极的帮助作用。(作者　郭星朗)

图 73 习作中陶罐与印花衬布都绘有装饰图案，学生在处理花饰与物体的关系时能够从整体考虑，图案没有与形体脱节，画面合理、生动。

图 74

图 75

图 76

图 77

## 六、关于色彩默写

1. 色彩默写：平时学生应抓住自习或其他业余时间做一些小色调的默写练习。这种以记录色调为目的的色彩练习，我们称之为“色调游戏”。如：看到美妙的影视画面、街头景物自然和谐的色彩组合等广泛内容，把它们用写生或默写的方式及时记录下来，以增加我们的色彩语汇。小色调不要求深入，以色彩关系准确为主，这种练习的目的是锻炼学生把握色调和调颜色的能力。

图 78

图 79

图 80

图 81

图 82

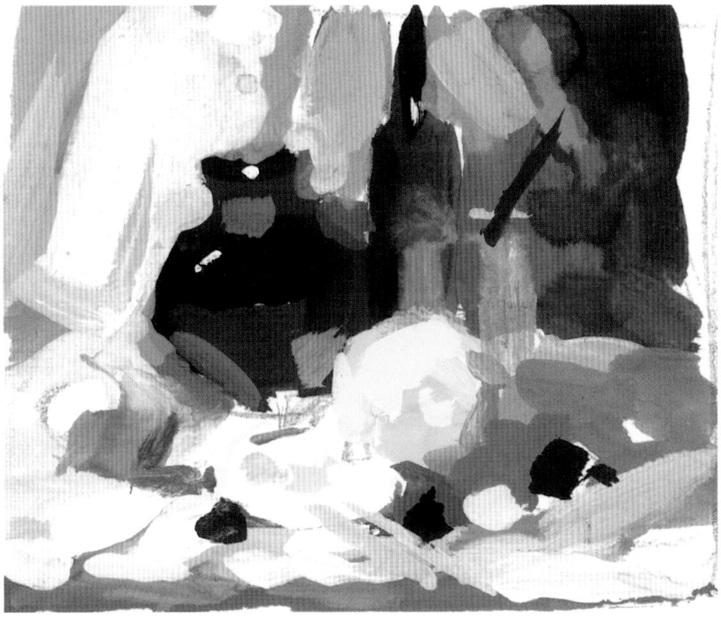

图 83

图 74 ～ 83 为色调默写

图 84

2.画面构图的组织练习：绘画学习的初级阶段，画面的组织是由教师完成的。专业美术院校的教师会根据学生的平均水平掌握布置作业的难易程度，内容包括：色调组织、物体的摆放、画面的空间处理等。当这项任务改由学生自己完成时往往感到束手无策，为此我们有意安排学生作一些画面组织练习。方法是给予一定的条件，如以文字说明静物需表现的物品及颜色或散乱摆放的器皿、蔬菜水果等，画面的组织则由学生自己完成。开始由于缺乏经验难免产生构图错误，图 84 中色调及空间处理得当，只是盘子里摆放的橘子数量有些平均，没有变化。

图 85　这是与前一幅同时画的习作，物体主次安排错落有致，较好地完成了画面的组织练习。（作者　郭星朗）

图 86　这也是利用有限条件所做的画面组织练习，画面色彩厚重，明暗及冷暖对比关系明确，物体摆放高低、前后有序，只是衬布上摆放的水果与主体过于靠近，显得有些“挤”，如果再拉开些距离，效果会更好。(作者　郭星朗)

## 七、作品欣赏

作者　杨亦谦

作者　张灏

作者　张灏

作者 郭星朗

作者 李越好

作者 郑璐璐

作者不详

作者　郑璐璐

作者 李越好

作者不详

作者不详

作者 郑璐璐

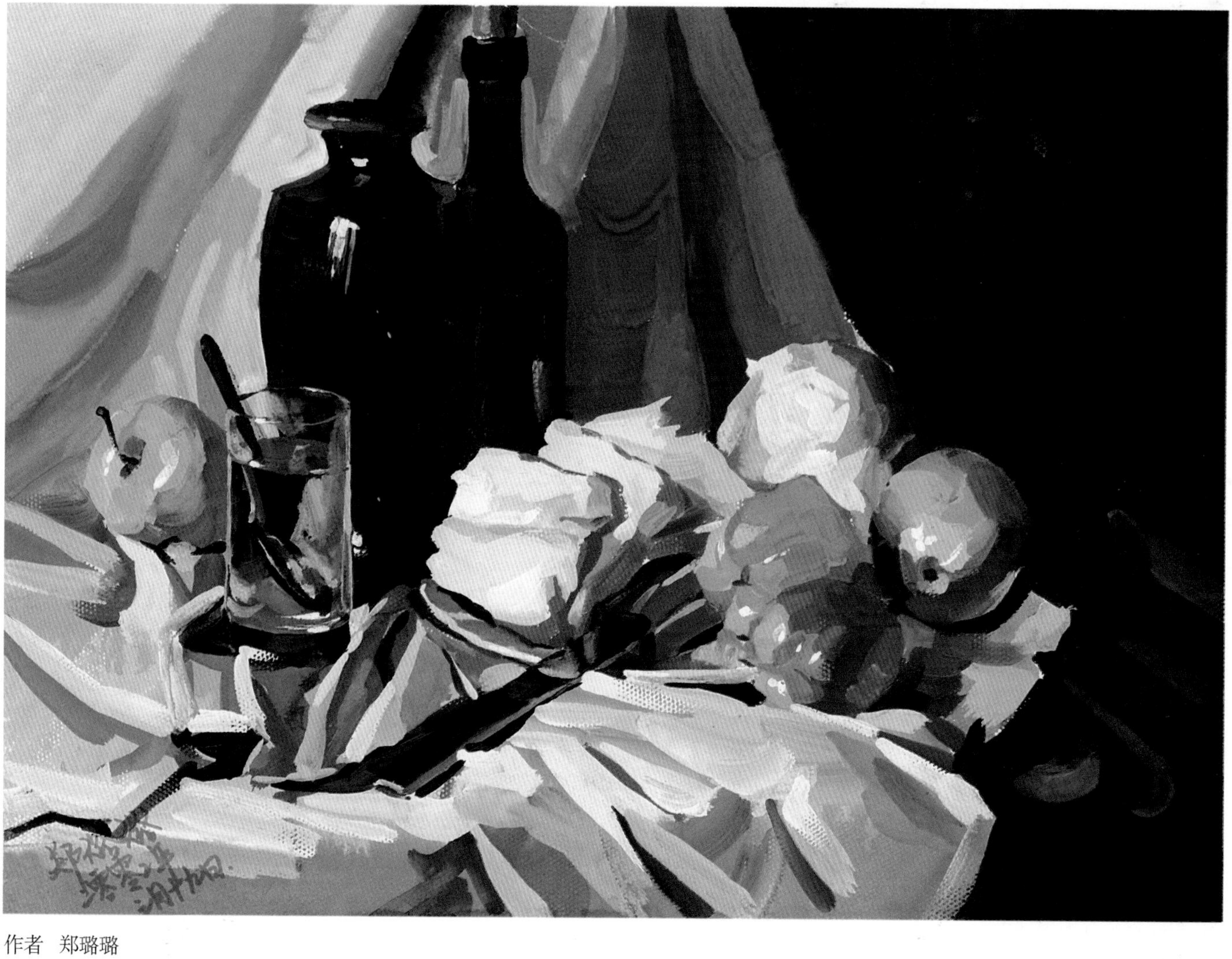

作者 郑璐璐

作者不详

作者  郭星朗

作者不详

作者　郑璐璐

作者不详